第一歌集

ひと

―定め事―

一蟬《いっせん》

文芸社

たんぽぽ飛ぶ
死は安らぎか
被虐者《ひぎゃくしゃ》に
それでも生きる
闇《やみ》の内外

前書き

本書を手に取っていただき、ありがとうございます。

最近、子への虐待《ぎゃくたい》や学校・職場などでのいじめが、マスコミで頻繁《ひんぱん》に報じられています。虐《ぎゃくたい》待などにより心が歪《ゆが》んで育ち、その結果として、何の落ち度もないひとを傷つけることも十分予測できます。

親などから、日常的にひどくたたかれたり、ひどいことを言われたりしている子は、一日でも早く加害者から離《はな》れるべきです。長い間一緒《いっしょ》にいたら、その子も加害者と同じような冷酷《れいこく》な人間に育つかも知れません。冷酷《れいこく》が、その子の心に染《し》み込《こ》んでゆくのです。

子を虐待《ぎゃくたい》する者が改心する可能性は、かなり低いでしょう。自分より弱いひとや弱い物を慈《いつく》しむ心が欠けているからです。

ひどいことをされているひとは、愛情の有る優しいひとにすがるのがよいのでしょう。すがって大声で泣きましょう。思いきり甘《あま》えてよいのです。泣くことは、大人でも決して恥《は》ずかしいことではありません。愛情の有るひとと接して、愛情を吸収し、満たされたら、その愛情をひとに注ぐのです。特に愛情に飢《う》えているひとに。

愛情の有るひとは、世の中にいます。優しい仲間もたくさんいます。星、月、海、花、草、木、蟬《せみ》、螢《ほたる》、小鳥など攻撃《こうげき》しない仲間が。優しさに触れて、人や物を慈《いつく》しむ心を育てましょう。心の傷が深くならないうちに。

決して、自ら死を選んではいけません。あなたが死ぬことにより、死にたくなるほど悲しむひとがいるかも知れません。そんなひとに話しましょう。甘えましょう。そうされることを願っているかも知れません。

ひとを傷つけたことのある人。あなたは、虐待《ぎゃくたい》などを受けたことがあるのかも知れませんね。人や社会を恨《うら》む気持ちは分かります。でも、何の罪も無いひとを傷つけてはいけません。自分をひどくいじめたり、汚《よご》したりしてもいけません。あなただけの責任ではないのです。私も、自分を粗末《そまつ》にする癖《くせ》がときどき出ます。やりきれない気持ちになるのは、分かりますけれど……。

もくじ

◇第一章

◇第二章

◇第三章

◇第四章

◇第八章

第一章

小学一年

はは

（一）
世は恐怖《きょうふ》
登校途中《とちゅう》
家に帰る
はは　ならきっと
まもってくれる

（二）
店番の
はは　がだまって
むかえいれ
我《わ》が靴隠《くつかく》す
男は市場

（三）

押《お》し入れに
かくれなさいと
ははがいう
青果を積んだ
自転車が戻《もど》る

罰《ばつ》を待つ

（一）
茶碗《ちゃわん》割る／
「馬鹿《ばか》たれ」の
男の怒気《どき》に
とっさに正座し
罰を待つ

（二）
立ちはだかり
坊主頭《ぼうずあたま》に
男が平手
正座したまま
右へよろける

（三）

店番の
はは聞きつけて
駆《か》け上がる
「やめてください」
止めに入る

服従

じっとして
男の顔色
うかがう日々
畳《たたみ》に座り
何もしゃべらない

本能

打たれること
決してひとに
しゃべらない
その男にも
愛されたいのだ

真綿の笑み

「しょうちゃん」と
わかいこえする
後ろから
女教師のえみ
広がる廊下《ろうか》

臆病《おくびょう》

畔道《あぜみち》に
子山羊《こやぎ》を見つけ
遠回り
追っては来ない
つながれている

小学三年

汽車

下校時に
兄に誘《さそ》われ
汽車に乗る
拒《こば》む、問うという
ことは知らない

見知らぬ駅に笑顔

海沿いの
見知らぬ駅を
幾《いく》つも過ぎ
降りた駅舎に
叔母《おば》のえがお

小学四年

みみず腫《ば》れ

（一）

「ひい」とははが
悲鳴あげ
涙《なみだ》を流す
ほうきで男が
首を打った

（二）

怯《おび》えては
身動きできず
立っている
声殺すははの
顔を見つめて

無表情

表情を
ますますひとに
見せなくなる
心の内を
読まれないように

地獄《じごく》

酷《ひど》いことをしたら
地獄に
落ちるよと
ははがつぶやく
男居ない午後

地《じ》獄《ごく》とか天国とか

地獄とか
天国とか
ははが漏《も》らす
よく分からないが
少し気になる

小学五年

晩めし

一時間
男がひとりで
しゃべっている
ひとのけがを
面白がって

よろこび

昼休み
背中に近づき
指でつつき
上級の女子に
追われるよろこび

小学六年

会話の無い家

仕入終え
男夕まで
居なくなる
はははしゃべらずに
会話の無い家

外面《そとづら》

店の中
若い女が
背負う子を
猫撫《な》で声で
あやす男

第二章

中学一年

「金欲しい」

金欲しいと言う
ははの言葉を
聞いている
男が出かけた
後の家で

冬が胃に

おかず無く
冷えた麦飯
醤油《しょうゆ》かけ
食って満腹
午後三時半

卑屈《ひくつ》さ増す

腐《くさ》っている
じゃが芋《いも》棄《す》てず
「子に食わせろ」と
男が怒る
ははが従う

正座して聞く

きょう仕入れた
レタスをひとり
食っている
男毎日
晩酌《ばんしゃく》をする

中学二年

町内会長

晩めし食い
男出て行く
きもの着て
町内会の
集まりあると

中学三年

不発弾《ふはつだん》

（一）
浜辺《はまべ》歩く
錆《さ》びた砲弾《ほうだん》
らしい物
約三十センチ
太く重い

（二）
頭上より
足元にドンと
落としてみる／
筋肉強化に良い
持ち帰る

東京オリンピック

それよりも
我には食だ
先生が
オリンピックの
感想聞くけど

「早く働け」

公立校に
合格したら
入れてやる
駄目《だめ》だったなら
働けと男

売り上げ

うなだれる
だけのははの
かおをみる
売り上げが少ないと
怒《おこ》る男

第三章

高校一年

入学の日
卒業したら
恩返ししろ
働けと男
二年生から
就職クラスだ

「父兄の欄《らん》」

書き渋《しぶ》る
自分の
最終学歴を
やっと記入し
「同じ」と母も

部活動

部活動
しない生徒は
通わせないと
体育主任／
野球部に入る

高校三年

「おまえ何様か」

夜学を熱く
勧《すす》める教師／
大学とは
おまえ何様かと
怒鳴《どな》る男

反面教師

（一）

ははが言う
仕入れの後に
駅前で
あの男は
パチンコをすると

（二）

(何もかも
反面教師だ)
納得し
外を行き交《か》う
ひとを見つめる

なお煩《わずら》わしい

しゃべらない
必要のほかは
誰とでも
話すことが
なお煩わしい

老教師

「こんにちは」と
倫理《りんり》社会の
先生が
えがおを見せる
夏寒い廊下《ろうか》

恐《おそ》れる者

（一）
横浜《よこはま》で
就職したいと
言い出す男
町会議員の
選挙落選後

（二）
恐れている
確かに何かを
恐れている
初めて男が
同意求めた

単身赴任《ふにん》する者

横浜《よこはま》へ
男単身
赴任する／
弟答える
寂《さび》しくないと

部活動終わる

夏の大会
初戦敗退
緊張《きんちょう》で
いくつエラーを
したのだろうか

見えない傷

柔道《じゅうどう》を
放課後習い
後頭部強打
鋭《するど》い技に
足払《はら》われて

海

魚採《と》り
ひとりで海へ
矛《ほこ》を持ち
それがいつしか
秋の日課に

第四章

十八歳《さい》

知らぬ土地
転居する
母子六人みな
横浜《よこはま》へ
二ＤＫの
団地に七人

独裁再び

すぐ戻《もど》る
元の支配者に
その男
妻子《さいし》の気持ちを
聞かなくなる

隠《かく》し通すか

男には
言い出せないと
ははが言う
借金八十万円
残してきたと

これが家

我《わ》が月給の
四十数倍
これが我が
借金まみれの
家なのだ

就職

同じ事また
尋《たず》ねている
柔和《にゅうわ》な目の
先輩《せんぱい》たちに／
やさしい東京

目の疲労《ひろう》・肩《かた》こり発症

どうしたのか
目の疲《つか》れとか
肩こりなど
戸惑《とまど》うばかり
初めてことに

初任給

「金ちょうだい」
母が早速《さっそく》
求めてきた
地方の友より
安い給与《きゅうよ》

「金稼《かせ》ぐ子がいればいいのに」

プロ野球
選手のように
金稼ぐ
子がいればいい
のにと母が言う

給料日

金を家に
届けているよ
ラッシュ時間
電車・電車・
バスの二時間余

家から離《はな》れる

家出ると
決めた晩秋
東京の
寮《りょう》に同期の
友と相部屋

コンクリートの部屋

ドア、窓と
コンクリートの
壁《かべ》が囲む
机、たんすと
ベッドは二個ずつ

冬のボーナス

コート買う
こたつとテレビは
あきらめる
金が減ってゆく
心細さに

冷えてゆく部屋

窓に星
寮《りょう》費《ひ》食費は
安くない
暖房は無く
冷えてゆく部屋

熱情

（一）

こんなにも
美しいひとが
いるのかと
「王女」思わせる
容姿のとりこ

（二）

朝のバス
見かけるたびに
目と耳を
清い魔力《まりょく》が
惹《ひ》きつけてくる

十九歳

空腹
忍《しの》び入る
寮《りょう》の食堂
寒い夜
名札の付いた
食盗《ぬす》み食う

崩《くず》れ落ちる
駅の階段
降《くだ》ればカクンと
膝《ひざ》折れて
崩《くず》れ落ちては
涙溢《なみだあふ》れる

募《つの》る思い

（一）

念願の
個室に移る
夜の窓に
「王女」の横顔
見い出している

（二）

あいさつも
まだできないで
見つめるだけ
澄《す》んだ目鼻に
尻込《しりご》みをして

孤独《こどく》深まる

家に行く／
しゃべらぬ我に
母が言う
少しは苦労を
したほうが良いと

心は癒《い》えない

この家に
来ても心は
癒やせない
この俺《おれ》が
幸せに見えるのか

母を見切る

（一）
一生の
お願いですと
母の手紙
「どうかお金を
貸してください」

（二）
月給の
三か月の額
「また金か」
金残すことが
馬鹿馬鹿《ばかばか》しくなる

（三）

この金を
家への
手切れ金とする
母を他人の
「女」と見切る

虫ばむもの

ずっと良い
いないほうが良い
親などは
俺《おれ》の心を
虫ばむだけだ

皮肉言う癖《くせ》

恩人が
我の皮肉に
遠ざかる
我《わ》が口の悪さ
治らないまま

熱燗《あつかん》

この冬の
寒さは格別
仕事帰り
ひとりぐいぐい
熱燗《あつかん》を飲む

第五章

二十歳《はたち》

発狂するのか

白い壁《かべ》を
ひとりの部屋で
見つめている
「狂《くる》うのだろうか」
そんな思いで

昼休み

顔伏《ふ》せて
机に眠《ねむ》る
目を休め
肩《かた》こりほぐす
きょうもまた

ひとの縁《えん》

（一）

退職し
仏門に入る
先輩《せんぱい》あり
柔《にゅう》 和《わ》な笑顔
突然《とつぜん》遠くへ

（二）

なにびととも
日々の別れは
今生《こんじょう》の
別れと決める
自分がいる

劣等感

必要だ
「王女」がやはり
この我には
話しかけると
昨夜決めたのに……

日本海

荒波《あらなみ》に
身を晒《さら》したい
冬の岩に
叩《たた》きつけたい
この体を

金離《ばな》れよくなり

ボーナスで
こたつとテレビ
買いに行く
何のためらいも
感じないまま

年の暮れ

同僚が
次々と帰省
してゆく
寮《りょう》の廊下《ろうか》に
寒風《かんぷう》がヒュー

郵便はがき

料金受取人払郵便

新宿局承認

1409

差出有効期間
2021年6月
30日まで

（切手不要）

1 6 0-8 7 9 1

141

東京都新宿区新宿1－10－1

(株)文芸社

愛読者カード係 行

お名前《ふりがな》			明治 大正 昭和 平成 年生 歳		
ご住所《ふりがな》	□□□-□□□□			性別 男・女	
お電話番号	（書籍ご注文の際に必要です）	ご職業			
E-mail					
ご購読雑誌（複数可）			ご購読新聞 新聞		

最近読んでおもしろかった本や今後、とりあげてほしいテーマをお教えください。

ご自分の研究成果や経験、お考え等を出版してみたいというお気持ちはありますか。

ある　ない　内容・テーマ（　　）

現在完成した作品をお持ちですか。

ある　ない　ジャンル・原稿量（　　）

書　名			
お買上 書　店	都道　　　　　市区 府県　　　　　郡	書店名 ご購入日	書店 年　　月　　日

本書をどこでお知りになりましたか?

1.書店店頭　2.知人にすすめられて　3.インターネット(サイト名　　　　)

4.DMハガキ　5.広告、記事を見て(新聞、雑誌名　　　　)

上の質問に関連して、ご購入の決め手となったのは?

1.タイトル　2.著者　3.内容　4.カバーデザイン　5.帯

その他ご自由にお書きください。

(　　　　)

本書についてのご意見、ご感想をお聞かせください。

①内容について

②カバー、タイトル、帯について

弊社Webサイトからもご意見、ご感想をお寄せいただけます。

ご協力ありがとうございました。

※お寄せいただいたご意見、ご感想は新聞広告等で匿名にて使わせていただくことがあります。

※お客様の個人情報は、小社からの連絡のみに使用します。社外に提供することは一切ありません。

壊《こわ》れるよ

（一）

物覚え
少しずつ悪く
なってゆく
物忘れ確実に
進行している

（二）

壊れるよ
体も心も
壊れるよ
自分が自分で
なくなってゆく

二十一歳

夜間学生

憧《あこが》れた
大学生に
なれるのだ
学費程度は
蓄《たくわ》えがある

未練

学校の
近くに間借り
「王女」さまを
見ることはもう
ないのだろう

「別の人種」か

校門で
昼の学生と
すれ違《ちが》う
恵《めぐ》まれた子か
「別の人種」か

ただの肩《かた》こりと

医師が言う
肩こりですねと
注射して
しばらく様子を
みてくださいと

自律神経失調症《しょう》

診断名
「自律神経
失調症」／
ベッドで二十時間
くらい寝《ね》る

こんなものさ

ひと月後
仕事に復帰／
水虫を
病院でもらう
情けなさ

キャバレー

（一）

焼き鳥屋で
酔《よ》って新宿
二号店
「ハワイ」一時間
三千円コース

（二）

仄《ほの》暗い
ロマンス・シートに
大きい目
柔和《にゅうわ》な笑顔に
すぐ一時間

（三）

これ程に
楽しい所が
あるなんて
「ハワイ」「ロンドン」
病みつきになる

（四）

クリスマス
金きらのレイで
山手線
今年も終わるよ
万歳万歳《ばんざいばんざい》

二十二歳

出会い

（一）

ハチ公の
洋酒天国
隣《とな》り合う
女子ふたり連れ
看護学院生

（二）

ジンフィズで
「おかっぱ」のきみ
顔真っ赤
両手の平を
ほおに照れ笑い

ナイチンゲールの涙《なみだ》

（一）

戦場で
手足失う
映画見る
君がハンカチ
そっと取り出す

（二）

その涙
ナイチンゲールの
涙だと
気づいていない
ぼくがそこにいる

疲労《ひろう》

仕事中
部屋を抜《ぬ》け出し
医務室へ
一時間ほど寝《ね》て
席に戻る

伯父《おじ》

（一）
男言う
「この子は家に
金を入れない」
上京中の
男の義兄に

（二）
働いて
夜学に通う
子からまで
金を取るかと
伯父が怒る

ネクタイ結べない

出勤前
思い出せない
何度やっても／
ますます自分が
壊《こわ》れてゆく

虫けらか

俺《おれ》はただの
虫けらなのかと
焼き鳥屋
好きでもない酒／
記憶《きおく》失う

「ひとの家で……」

「ひとの家で
ただで飲み食い
しておいて
言いたいことを
言うな」と男

捨てぜりふ

冷血漢め
言葉を浴びせ
家を出る
二度と帰らぬ
決意を固め

二十三歳

己《こ》を放り出す

仕方なく
過ごしゆく日々
たが緩《ゆる》め
己を放り出す
俺《おれ》がいる

首切り落とそうか

眠れぬ夜
うなじの痛みと
肩《かた》こりに
こんな首など
「切り落とそうか」

二十四歳

「心機転じよう」

（一）

初めての
転勤に少し
心弾《はず》む
都心と学校が
より近くなる

（二）

新築の
高層ビルの
さわやかさ
歓迎会《かんげいかい》の
酒心地良《ここちよ》く

何も知らぬか

学校で
習ったことしか
我は知らぬか
ひとの心も
世の常識も

またダウン

夏の午後
ランニングする
夕帰宅
布団に崩《くず》れる
頭痛、嘔吐《おうと》、下痢《げり》

三十歳の前に死ぬのか

脈を打つ
頭痛に深夜
病院へ
タフだった体
どうなったのか

短気が暴走する

急速に
怒《おこ》りっぽく
なってゆく我
酒にマージャン
「どうにでもなれ」

二十五歳

すぐ忘れる

ゴルフやる
打数間違《まちが》え
先輩《せんぱい》に
「違《ちが》うだろう」と
指摘《してき》される

卒業

大学を
卒業するよ
嬉嬉《きき》寂寂《じゃくじゃく》
何はともあれ
乾杯乾杯《かんぱいかんぱい》

二十六歳

後悔《こうかい》

決心し
急ぎ飛行機で
雪国へ
おかっぱのきみ
「婚約《こんやく》しました」

侮辱《ぶじょく》

酒に酔い
七年ぶりの
大先輩《せんぱい》が
「貴様貴様」と
裏の顔

人間不信また

黙《だま》るだけ
陰《かげ》でいたぶる
者たちに／
人間不信が
膨《ふく》れ上がる

命の価値

我《わ》が命は
価値無いものと
知っている
他者の命は
どうなのだろう

二十七歳

徹夜の仕事

昨日の
朝から今日の
正午まで
夕食摂《と》らずの
仕事にぐったり

良い酒

酒に酔《よ》った
ひょうきんな君が
いいよねと
焼き鳥つまみ
上司が笑う

邂逅《かいこう》

転勤する
障害者などに
心配る
学者数名と
巡《めぐ》り合う

教養に洗われる心

若輩《じゃくはい》の
事物知らない
我にさえ
丁寧語《ていねいご》使う
学者多く

頭がもうろうと

またしても
頭もうろう
午後四時半
自暴自棄《じぼうじき》になり
ひとり焼き鳥屋

仕事に遅刻《ちこく》するようになる

週一回
整体治療院《ちりょういん》へ
通う
端《はた》から見ると
健康らしいが

二十八歳

「嫁《よめ》さんを……」

（一）

「嫁さんを
もらう気無いか」と
老学者
突然《とつぜん》のことに
一瞬《いっしゅん》戸惑《とまど》う

（二）

安月給
ですからと急ぎ
断る
ひとを幸せに
できるはずがない

秋に向かうシャツ

日曜日
自由《じゆう》が丘《おか》に
出かけよう
ピンクのシャツを
買ってきたから

山本周五郎

通勤電車
感銘《かんめい》の素を
摂取《せっしゅ》する
師と仰《あお》ぐひとの
短編小説

二十九歳

残業の日々
転勤だ
忙《いそが》しい係
渡《わた》される
厚いマニュアル
家で読むようにと

脳が壊《こわ》れている
新しい
仕事を
覚えられないよ
脳が機能
しなくなっている

空《うつ》けと言われたよ

数年下の
部下に空けと
言われたよ
仕事もできない
から仕方ない

運動神経までも

野球やる
体力増強
のつもりで
運動神経も
侵《おか》されている

第六章

三十歳

もう限界か

起きられない／
毎日遅刻《ちこく》の
仕事場へ
体力、気力
ともに尽きそう

休みたいよ

予定した
三十までは
もう生きた
楽になりたいよ
休みたいよ

何も考えたくない

「ふたつ以上」を
「たくさん」でくる
国などがあるなら
移り住みたいよ

退職願

誰《だれ》にも
相談しないで
「退職願」
あとひと月で
楽になれるよ

北へのひとり旅

夏の夕
稚内《わっかない》の
酒の味
同期の友や
事務所の先輩《せんぱい》と

当てつけるように

どこまでも
我《わ》が身を持ち
崩《くず》したい
誰《だれ》かに何か
当てつけるように

「金、金、金」

金が要る
一生暮らせる
だけの金が
自分にできる
仕事などない

ホスト

（一）

ホストやろう
一攫千金《いっかくせんきん》
狙うのだ
強張《こわば》る顔で
面接三店

（二）

ホスト辞める
数か月で
撤退《てったい》する
考え違《ちが》い
我には無理だ

三十一歳

借金膨《ふく》らむ

金借りて
商売始める／
借金増えて
二百万円に
夜《よ》はアルバイト

三十二歳

裏切る

笑顔ある
友を裏切る
すぐ先の
数千円に
囚《とら》われて

内臓の手術

(一)
薄暗《うすぐら》い
ベッドで目覚めた
十時間後に
簡易ベッドの
女目を覚ます

（二）

もう二度と
目覚めないと
思ったと
寝《ね》起きの髪《かみ》に
疲《つか》れた顔

甥《おい》

久しぶりに
横浜《よこはま》の家へ
初対面で
我を恐《おそ》れた
幼い甥がいる

この甥もまた

（一）

「おじいちゃん」と
背中に抱きつく
孫を肘《ひじ》で
払《はら》うらしい男
変わっていない

（二）

この甥も
ひとの顔色
うかがって
世を恐《おそ》れながら
生きてゆくのか

三十五歳

フリーター

（一）

はるか先まで
一列渋滞《じゅうたい》
ドライバーに
怒鳴《どな》られながら
交通誘導《ゆうどう》

（二）

ビスを打つ
工具をうまく
使えない
「君は駄目《だめ》だね」と
工場長

山の陰《かげ》

「つくつく……」と
つくつくぼうしに
かたりかけ
なみだがおちて
つちが腫《は》れゆく

三十九歳

パンのみに生きる

借金が
減らないままで
目途《めど》立たず
パンのみに生きて
平成迎《むか》える

第七章

四十歳

侵入者《しんにゅう》

夢の中に
苛《いじ》めに来たよ
あの男が
寝覚《ねざ》めの悪さ
朝日急冷

まだ金を取るか

またしても
男の伝言
「家建てるから
金貯《た》めておけ」と
（自分で建てろ）

戸主権

（空論だ）
「子の生命と
財産は
戸主のものでは
ない」という教え

下痢症《げりしょう》発する

うなじ痛み
激しい整体
治療《ちりょう》受け
背骨痛めて
下痢症となる

四十一歳

脚《あし》・左側面冷え症《しょう》に

（一）

夜十時
音漏《も》れ気にし
暖房《だんぼう》切る
天井《てんじょう》も壁《かべ》も
薄《うす》いアパート

（二）

徹夜《てつや》する
左側より
すきま風
机の下を
測れば三度

集中治療《ちりょう》室

失明し
声出さぬ男
横たわる
そばに女が
座っている

言うことは無い

近づかず
その顔を見る／
もう一度
その顔を見て
無言で立ち去る

四十二歳

男死にゆく

金集め
「長生きしたい」と
言っていた
男死にゆく
七十歳で

今さら何も

好物は
何かと女が
初めて問う
今さら言って
何になるのか

どこまで瘦《や》せるのか

（一）

止まらない
異常は無いと
医師は言う
八キロ減って
四十八キロ

（二）

小チャーハンを
夕食に摂《と》る
こんなには
食べられないよ
それでも食べなきゃ

苦しい時の……

（一）
息苦しい
自分の部屋でも
会議中も
何かが胸を
押《お》し潰《つぶ》しに来る

（二）
寝《ね》る前まで
「なんみょうほう
れんげきょう」と
近所の道を
歩き回る

治った

数か月後
食欲回復
体重戻《もど》る
不思議なことが
よくあるこの身

楽しみ

休みの日
午前三時起き
釣《つ》りに行く
ひとり電車で
相模湾《さがみわん》へ

四十五歳

生活不安なお

午後五時から
午後十一時
収入の
定まらない
肉体労働

富裕層《ふゆうそう》

なんとまあ
厚いステーキの
美味なこと
御馳走《ごちそう》になり
至福に酔《よ》う

治療《ちりょう》院　患者《かんじゃ》の寄せ書き

もの忘れ
首・肩《かた》の痛み
視力低下
その原因は
鞭《むち》打ち症《しょう》とか

第八章

五十歳

死は怖《こわ》いものなのか

死は怖いと
いうひと達の
心情を
未だに理解
できないでいる

全てを消してしまいたい

後生とか
いうものが
無ければよいが
己《おのれ》の全てを
終わりにしたい

五十一歳

体調の良い日

さてきょうは
何をしようかと
窓開ける
年に数度の
体調の良い日

五十四歳

健忘頻発《けんぼうひんぱつ》

また忘れた
自宅の住所と
電話番号
自らに強い
怒《いか》り噴出《ふんしゅつ》

下痢《げりや》止まず

仕事中
何度か
トイレへ通う
医師は異常
無いというけれど

五十五歳

憎悪《ぞうお》芽生える

（一）

「憎《にく》む憎む」と
念じ続けて
闇《やみ》を見る
いつしか我に
憎悪芽生える

（二）

憎むとは
こういう心情
なのだなと
初めて知って
充足《じゅうそく》と不安

心の闇《やみ》

嫌《いや》がらせを
排斥《はいせき》する術《すべ》
知らないで
心の闇《やみ》が
膨張《ぼうちょう》してゆく

立っているのが辛《つら》い

きょろきょろと
空席探す
電車内
立っていることに
強い疲労《ひろう》感

倦怠感《けんたい》が襲《おそ》う

休日は
何もしないで
家《うち》で過ごす
倦怠感に
すぐ襲われて

栄養ドリンク

疲《つか》れひどい
栄養ドリンク《リポビタン》買い
試し飲む
気力高揚《こうよう》
数時間続く

情緒不安定《じょうちょ》

恩人の
ほほえみに
睨《にら》み返す我
そんな自分に
戸惑《とまど》うばかり

憎《にく》まれ口

また叩《たた》く
憎まれ口を
うっかりし
油断をすると
すぐにそうなる

激昂《げっこう》

口答え
するきみを
怒鳴りつけた
短気・自暴自棄《じぼうじき》
止まらない

きみの涙《なみだ》

きみがだまる
きみがなみだを
ながしている
我《わ》が冷酷《れいこく》を
つくづくと見る

綺麗《きれい》ごと

綺麗《きれい》ごとを
また言っている
我がいる
反面教師と
同じことする

冷え症《しょう》進む

マフラーと
手袋《てぶくろ》をして
テレビ見る
暖房《だんぼう》の部屋に
夏よ早く来い

大笑い

久しぶりに
大笑いした
喜劇映画に
部屋で飲む酒
笑覚《しょうかく》に沁《し》みる

五十六歳

言いがかり

買い物かごの
中を「のぞくな」と
にらむ老婆《ろうば》
「誰《だれ》がのぞくか」
怒鳴《どな》りつける

もういやだ

そう決めた
攻撃《こうげき》を
仕掛《しか》ける者は
撃退《げきたい》する
これからはそうする

荒《あ》れる心

口答えする
きみの腕《うで》を
手で突いた
(ついにやった)と
涙《なみだ》があふれる

もしも妻子が有れば

妻子有れば
我は暴力
振《ふ》るうのか
そして独裁者に
なるのか

移動し仕事

午前十時に
家を出て
仕事する
移動し仕事
深夜に帰宅

三時間寝《ね》て

三時間寝て
仕事場へ
気力無く
栄養ドリンク《リポビタン》きょうも
二本貪《むさぼ》る

五十七歳

時どき無反応

いつからか
相槌《あいづち》打たなく
なっている
それがもう
普通《ふつう》になっている

第九章

六十歳

感情の無い愛

ひとの愛
理屈《りくつ》で知るが
感情が
伴《ともな》わないで
空《むな》しい日々

心臓発作

明け方に
心臓発作／
二十分も
待てば治まる
汗《あせ》ふき着替《きが》える

六十一歳

女の涙《なみだ》

久しぶりに
家訪ねれば
ドア開けた
女が我見て
涙を流す

なぜ生まれてきたのか

女老い
前歯が四本
欠けている
この女もなぜ
生まれてきたのか

六十三歳

ほんにまあ
病魔《びょうま》来る
次から次へと
飽《あ》きもせず
ボーエン病で
脚《あし》の手術

「厄《やく》割り石」

念を込め
「厄割り石」を
叩《たた》きつけ
かけら飛び散る
お宮の隅《すみ》で

ルーティン

出かける仕度《したく》
手順変えれば
考え込《こ》む
整髪《せいはつ》忘れ
「馬鹿《ばか》」とつぶやく

襲《おそ》う痛み

襲い来る
うなじの痛み
本をまね
体操・指圧を
自分で三時間

六十四歳

秋彼岸《ひがん》

彼岸花
女が去年
死去したと
黙《だま》って聞く
感慨《かんがい》も無く

新戸籍《こせき》

自分だけの
戸籍編製
(これでよし)
これで終わった
波を見つめる

酒

飲まないと
午後四時に決め
深夜の酒
「ばかやろう」と
低く呻《うめ》いて

気弱の極み

深夜急に
寒気と頻脈《ひんみゃく》／
救急車の中
止まらぬ震《ふる》え

六十五歳

鬼《おに》が居座る

この胸に
鬼と仏が
往き来する
この頃《ごろ》やたら
鬼が居座る

攻撃《こうげき》しないもの

野の花の
攻撃しない
やさしさに
ゆびさしのべて
こちらをむかせる

祭り騒《さわ》ぎ

球場へ
広島カープの
応援《おうえん》に／
立っては座り
こぶし上げ立つ

睡眠薬《すいみんやく》

睡眠薬
処方される／
酒の力
借りることなく
快適、安眠《あんみん》

血液型

尋《たず》ねよう
男と女と
兄弟の
血液型を
知っている者に

我《わ》が年を忘れた

数時間
自分の年齢《ねんれい》
忘れている
六時間続く
ストレスの後で

ひとを殺す者

「そんな子では
ない」と
殺人犯の母
そんな母に子は
闇《やみ》を見せない

死に神未《いま》だに

十年間
待っているのに
まだ見ない
死に神は未だ
現れない

言葉あり

復讐《ふくしゅう》は
神がすることと
言うひとあり
安堵《あんど》と不安が
交錯《こうさく》する

「慈悲《じひ》」

老僧《ろうそう》が
テレビで慈悲を
説いている
ひと葉ひと葉の
言葉かみしめる

六十六歳

「この教え」

憎しみを
やさしくみつめ
だきしめて
あげなさいと
説く僧侶《そうりょ》あり

足枷《あしかせ》がひとつ解かれる

憎《にく》しみを
抱《いだ》く者たちを
責めない僧《そう》
足枷がひとつ
解かれてゆく

スポンサー

「サザエさん」は
我《わ》が理想の
家庭像
提供会社の
エアコンを買う

気力・体力無く

午前三時
歯磨《はみが》きしたら
寝《ね》れるのに
立ち上がれない
気力・体力無い

六十七歳

鎌倉《かまくら》

「冷え症《しょう》」が
冬の衣類を
重ね着し
五月連休の
八幡宮《はちまんぐう》へ

車止めの先

左後ろへ
振《ふ》り返りざま
失神した
横断歩道に
前へ倒《たお》れる

痛みで目覚める

うなじ・腕《うで》・
脚《あし》の痛みで
夜中目覚めた
苦し紛《まぎ》れの
鎮痛剤《バファリン》効かず

両腕《りょううで》がやっと……

両腕が
肩《かた》の高さまで
やっと上がる
痛みに救急
センターへ電話

胸のボタンが留められない

両親指
痛みで力
入らない
胸のボタンが
留められない

「首の手術も……」

医師が言う
痛みが引かない
ようならば
首の手術も
考えましょうと

どうにでもなれ

昼目覚め
布団の上で
酒呷《あお》る
（どうにでもなれ
どうにでもなれ）

二月一日湯治《とうじ》帰り

電車で冷え
居酒屋で
熱燗《あつかん》二合
尿《にょう》出なくなり
夜中に救急車

手の動くうちに

ノート開き
また倒《たお》れたらと
ペンを持つ
手の動くうちに
（やるべき事を）

からだが泣く

首・背骨がグキ
足の指が攣《つ》る
腕《うで》痛む
自分で体操・
指圧四時間

強い光

暗闇《くらやみ》の
八幡宮《はちまんぐう》に
走る玉
「源氏《げんじ》 螢《ぼたる》か」
光に問う

気づく

ふと思い
四十数年目に
禁酒試す
こんな自分も
いたことに気づく

また突然

突然に
うなじの痛みと
倦怠感《けんたい》
ビルのベンチで
三時間眠《ねむ》る

「忘れた」で気が楽に
「健忘症《けんぼうしょう》」と
二十代から
言えていたら
もう少し楽で
いられたのか

使《ホ》い捨《カ》て《ロ》カ《ン》イロ十一枚貼《は》って

腰《こし》、脚《あし》に
使《ホ》い捨《カ》て《ロ》カ《ン》イロ十一枚
貼《は》って
温もり巻きつけ
町へ出かける

いつも「健康」

相変わらず
「元気そうね」と
ひとは言う
端《はた》から見ると
いつも「健康」

今年は十一回参拝

手帳見る
神社に我が
十一回も
参拝している
ことに気づく

六十八歳

「首の手術は止《よ》しなさい」

ある医師が
「首の手術は
止しなさい」
寝たきりになる
心配があると

親指が……

ティーカップを
つかみ損ねて
床《ゆか》に落とす
力加減が
分からない

長年の癖《くせ》

スーパーの
レジで急いで
札だけで払《はら》う
後ろの客に
せかされるようで

二十六時間

わたしには
二十六時間
必要だ
世は二十四時間
だけれども

宇宙の奥《おく》へ

午前二時
静かな部屋で
瞑想《めいそう》する
宇宙に浮いて
奥へ奥へと

プロ野球交流戦

さあ来たぞ
豪快西武《ごうかいせいぶ》
ライオンズ
三盗《さんとう》も決まり
メガホンたたく

酷暑《こくしょ》

昼下がり
線路に「パサッ」
蟬《せみ》が落ちた
電車が見える
近づいている

始業式

始業式
飛び込《こ》み自殺
する生徒
親ともだち
無言の別れ

牛丼屋《ぎゅうどんや》

（一）

牛丼屋へ
視線落として
入ってゆく
そんな生活
三十余年

（二）

目力無く
口をきかない
少年に
メニューひろげる
母らしい女

無垢《むく》の子ら

見知らぬ子と
ハイタッチする
幼子《おさなご》の
えがおがなんとも
いえなくて

子は預かりもの

きっとそう
子は預かって
慈《いつく》しむもの
授かりものでは
ないはずなのだ

自分で治そう

我《わ》が部屋は
整体治療《ちりょう》の
施術《せじゅつ》室
痛み、しびれ、攣《つ》りを
体操、指圧で

暴挙を止めたもの

「慈悲《じひ》」、「地獄《じごく》」と
聞いて天地を
見つめたり
優しいひとに
癒《い》やされたりして

第十章

夢か現《うつつ》か

少年の日、霧雨《きりさめ》の中

自転車の籠《かご》に
男に
入れられて
着いた人気《ひとけ》の
無い船着き場

邪魔者《じゃま》

落とされても
仕方が無いと
波を見た
邪魔者なのだと
解《わか》っていたから

夢か現《うつつ》か

折に触《ふ》れ
今も時どき
思い出す
夢か現か
分からないけれど

そして今

そんな日は……

自らを
大切にする
日は来るのか
己《おのれ》をすぐに
見捨てる我に

生きている

生きている
星、月、海に
花、草、木
蟬《せみ》、螢《ほたる》、小鳥、
子らを見つめて

後書き

幼い子供が虐待《ぎゃくたい》を受けると、自分が悪いせいだと思います。そして、他人からもいじめられる臆病《おくびょう》な性格に育ちやすくなります。

その後、学校や社会でいじめに遭《あ》うと、人間や社会に不信感を抱き、恨《うら》みに変わることもあります。それが高じて、無差別の傷害事件などを惹《ひ》き起こすことも考えられます。

そうなると、全ての人（特に弱者）が被害者《ひがいしゃ》となる可能性があります。

社会全体で、虐待《ぎゃくたい》その他のいじめを無くすため、優しい社会を作り、心のねじれる人を作り出さないようにすることが大切なのではないのでしょうか。

著者プロフィール
一蟬（いっせん）
1950年生まれ、明治学院大学卒業。
現在、神奈川県横浜市在住。

第一歌集　ひと　―定め事―

2020年３月16日　初版第１刷発行

著　者　一蟬
発行者　瓜谷 綱延
発行所　株式会社文芸社
〒160-0022　東京都新宿区新宿1－10－1
電話　03-5369-3060（代表）
03-5369-2299（販売）

印刷所　株式会社フクイン

ISBN978-4-286-21444-3